Beim Vetter Christian

Theodor Storm

Mein Vetter Christian hatte wirklich schon mit zwanzig Jahren seine schönen blauen Augen; und doch behaupteten die Mädchen, Hand aufs Herz, daß sie ihnen völlig ungefährlich seien. Das aber kam daher, weil derzeit, was allerdings in solchem Alter selten vorkommt, die Elektrizität derselben noch gebunden war; und die Ursache hiervon lag wiederum darin, daß nach des Vaters frühem Tode der Vetter zwischen zwei so überwiegend energischen Frauennaturen aufgewachsen und nach kurzen und fleißig benutzten Universitätsjahren wieder in ihre Obhut zurückgekehrt war.

Die eine derselben, seine Mutter Gott habe sie selig! meine gute Tante Jette, hat auch mich als Knaben einmal unter ihrer rührigen Hand gehabt, als Christian und ich uns von ihren großen Schattenmorellen eine Limonade gegen den heißen Sommerdurst bereitet hatten; der anderen verstand ich kunstvoll aus dem Wege zu gehen. Es war dies »die alte Karoline«, welche in schon betagter Jungfräulichkeit als Kindsmagd bei dem kleinen Christian ihren Dienst im Hause angetreten, sich hier nach unbekannt gebliebenen sonstigen Versuchen noch zweimal, wiewohl ohne den gewöhnlich dabei beabsichtigten Erfolg, verlobt hatte und schließlich, nach des Hausherrn Tode, als Magd für alles in der Familie hängengeblieben war. Die Auflösung jener Verlöbnisse sollte lediglich durch die allzu große Tüchtigkeit der Braut herbeigeführt sein, wovor, trotz des annehmlichen und bekannten Barvermögens derselben, sowohl der letzte als der vorletzte Bräutigam zurückgeschreckt waren, welche aber demnächst bei ihrer Herrin eine desto dauerhaftere und erhebendere Anerkennung gefunden hatte.

Meine Tante Jette besaß nach ihres Mannes Tode nur ein schmales Einkommen; aber ein großes Haus. Sie hätte leicht von den leerstehenden Zimmern vermieten können; allein sie gehörte zu den alten Geschlechtern; das ging denn doch nicht wohl. Zum Glück wurde Christian als Kollaborator an unserer Gelehrtenschule angestellt und bezog nun die oberen Zimmer, welche einst von seinem Vater bewohnt gewesen waren. Im übrigen blieb der Hausstand unverändert; Karoline wollte lieber auch für ihren Doktor die Arbeit mittun, als noch so ein junges, flusiges Ding neben sich herumdammeln sehen.

Allein bald nach dem Amtsantritt ihres Sohnes begann Tante Jette zu kränkeln und konnte es sich endlich nicht mehr verhehlen, daß sie das rüstige Leben, das lustige Scheuern und Polieren, das Kochen und Einmachen mit der für sie in keiner Weise passenden ewigen Ruhe werde zu vertauschen haben. Als resolute Frau tat sie indessen auch hier, was not war. Täglich gab sie jetzt ihrem Kollaborator eine Unterrichtsstunde in der praktischen Weisheit ihres Lebens, und der getreue Sohn, wenn er danach in sein Studierzimmer getreten war, unterließ nicht, diese letzten mütterlichen Ratschläge in sauberer Reinschrift zu Papier zu bringen, bis er bemerkte, daß der Zyklus geschlossen und er nach dem Ende wieder in den Anfang hineinzugeraten beginne. Am letzten Tage vor ihrem Ende aber fügte Tante Jette ihren Vorträgen noch gleichsam einen Epilog hinzu. »Und, Christian«, sagte sie und legte alle noch übrige Kraft in ihre Stimme, »daß du mir die alte Karoline nicht von dir lassest! Die Leute sagen zwar, sie sei ein Drache; mir aber, wenn es doch einmal auf einen Vergleich hinaus soll, scheint sie, mit ihren runden Augen in dem breiten Kopfe und den Borstenhärchen unter der krummen Nase, mehr einem alten Schuhu ähnlich zu sein; und du weißt es, daß dieser Vogel in dem Haushalt der Natur eine nicht geringe Stelle einnimmt.«

Und als der Vetter sie zwar ehrerbietig, aber doch mit etwas zweifelhaften Augen anblickte, setzte sie hinzu: »Nein, nein, Christian; glaub mir's, du brauchst eine, die dir die Mäuse wegfängt; und die alte Karoline wird das schon besorgen.«

So war denn die Alte auch nach der Mutter Tode im Hause verblieben und ihr junger Herr befand sich leidlich wohl dabei. Denn in der Tat wovon er freilich keine Ahnung hatte sie pracherte mit Hökern und Gemüseweibern um den letzten Dreiling, sie wußte verschämte Bettler und unverschämte in Wein reisende Juden schon auf dem Hausflur abzufangen; die Bauern, die zur Stadt kamen und die Städter mit ihrem Torf betrogen, fürchteten die Alte mehr als ihren Landvogt.

Zwar wenn der Doktor, was ihm wohl geschehen konnte, sich auf seinem Spaziergang nach der Klasse über die Mittagszeit hinaus verspätet hatte, so wurden wohl die Stubentüren etwas härter als nötig zugeschlagen; auch flog wohl einmal nach der Suppe der Bratenteller auf den Tisch, als sei es Trumpf-As, das die alte Karoline vor ihm ausspielte; aber der Vetter hörte das so wenig, wie der Mietsmann eines Bäckers das Geklapper der Beutelmaschine; er befand sich im Geiste vielleicht eben auf dem Markte zu Athen und lauschte der donnernden Philippika des jungen Demosthenes, gegen den offenbar die alte Karoline nicht in Betracht kommen konnte.

Da, nach Verlauf einiger Jahre, geschah es, daß dem Doktor zweierlei in den Schoß fiel: das Subrektorat seiner Gelehrtenschule und eine Erbschaft von einer seiner vielen Tanten. Hatte er, dank seinem Hausdrachen, schon vorher ein hübsches Sümmchen von seinen Einkünften zurücklegen müssen, so wußte er jetzt vollends nicht mehr, wohin damit. Das machte ihn unruhig. Er ging in seinem großen Hause umher: unten in das Wohnzimmer, wo Tisch und Stühle, die Bilder an der Wand, alles noch so war wie zu Lebzeiten der Mutter; in die danebenliegenden Räume, die seit des Vaters Tode unbenutzt gestanden, in das Eßzimmer, dann in das kleinere Spielzimmer. Das Bild seines Vaters, des milden braunlockigen Mannes, war ihm mit einemmal so gegenwärtig; dabei sah er sich selbst als Knaben, im grauen Habit mit runden Perlmutterknöpfchen; er half seinem Vater den Tabak für die Gäste mischen und rote und grüne Federposen auf die Kalkpfeifen setzen, wobei oft eine linde Hand liebkosend über seine Haare strich. Ihn überfiel, und stärker mit jedem Mal, daß er hier verweilte, eine Sehnsucht, diese Räume aufs neue zu beleben, wenn auch die Toten nicht mehr zu erwecken seien. Die Sippschaft in der Stadt war noch so groß; fast jede Woche mußte er zu irgend einer Familiengesellschaft, war es nun in den Häusern der Verwandten oder sommers in deren Gärten vor der Stadt. Wie hübsch mußte es sein, wie einst sein Vater es getan, sie alle auch nun seinerseits im eigenen Hause zu bewirten! Indessen das war sonnenklar die alte Karoline allein vermochte das doch nicht zu leisten.

Der Vetter resolvierte sich kurz und ging zu der Großtante, der alten Frau Bürgermeisterin; und diese, nachdem er seine Sache vorgetragen, empfahl ihm zuerst eine Witwe, die eben ihren dritten Mann begraben, und dann eine reife Jungfrau, welcher es war himmelschreiende Sünde die Vorsteher schon wieder den Platz im St.-Jürgens-Stifte abgeschlagen hatten. Da der Vetter jedoch bedachte, daß es in seinem Hause eigentlich an einer Karoline genug sei, so beschloß er, zuvor noch die Meinung seines Onkels, des Senators, einzuholen.

Und in der Tat; der Onkel wußte Besseres zu raten.

»Ich empfehle dir«, sagte er, »mein Patchen, die kleine Julie Hennefeder; ihr Vater du weißt, unser alter Kontorist war so etwas von einem Tausendkünstler, er war der ,Hans Michel in de Lämmer-Lämmerstraet'; er konnte machen, was er sah, ein ,Fleuteken' so gut wie einen ,Napoleon', und trotzdem blieb er hintenum in seiner Lämmerstraße sitzen. Die Witwe hat es knapp, und ich weiß, daß sie sich schon nach einem soliden Platz für ihre Tochter umgesehen hat. Das wäre ja denn so bei dir, Christian! Übrigens, das Mädchen sieht keineswegs aus, als wenn ihr Familienname für sie erfunden wäre; im Gegenteil, sie ist ein schmuckes, voll ausgewachsenes Menschenkind und soll überdies so manches von der Kunstfertigkeit ihres Vaters ererbt haben, was sich auch besser für ein Hausfrauchen als für einen alten Kontoristen schicken mag.«

Und so setzte denn, als eben Goldregen und Syringen im Garten des Vetters sich zum Blühen anschickten, ein braunes, rosiges Mädchen zum erstenmal den Fuß über die Schwelle seines Hauses; und der Vetter konnte nicht begreifen, weshalb auch drinnen die alten Wände plötzlich zu leuchten begannen. Erst später meinte er bei sich selber, es sei der Strahl von Güte, der aus diesen jungen Augen gehe. Die Großtante freilich schüttelte etwas den Kopf über diese gar so jugendliche Haushälterin, und womit die alte Karob'ne geschüttelt, das hat der Vetter niemals offenbaren wollen.

Julie war keine schlanke Idealgestalt; sie war lieblich und rundlich, flink und behaglich, ein geborenes Hausmütterchen, unter deren Hand sich die Dinge geräuschlos, wie von selber, ordneten. Dabei, wenn ihr so recht etwas gelungen war, konnte sie sich oft einer jugendlichen Unbeholfenheit nicht erwehren; fast als habe sie für ihre Geschicklichkeit um Entschuldigung zu bitten. Ja, als einmal der Vetter ein lautes Wort des Lobes nicht zurückhalten konnte, sah er zu seinem Schrecken das Mädchen plötzlich wie mit Blut übergossen vor sich stehen und ganz deutlich glaubte er: »O, bitte, wenn Sie nichts dagegen haben!« die buchstäblichen Worte aus ihrem Munde zu vernehmen. In Wirklichkeit freilich hatte er sie nicht gehört; es war nur eine Konjektur, die er aus den braunen Augen herausgelesen hatte.

Als er es später dem Onkel Senator bei einer Nachmittagspfeife anvertraute, nickte dieser und meinte lächelnd, das sei eine Inschrift, züchtig, süß und bescheiden, und wohl passend für ein junges Mädchenangesicht.

Und wie von selber belebten sich die öden Räume des Hauses. Die Fenster füllten sich mit Blumen, und unten vom Wohnzimmer in das Treppenhaus hinauf klang morgens der helle Schlag eines Kanarienvogels; aber ebenso kg auch das Tüchelchen bereit, um ihn zum Schweigen zu bringen, wenn der Herr Doktor noch beim Morgenkaffee seine Pensa durchnahm. Der Onkel, der jetzt öfter bei dem Vetter einsah, behauptete, das ganze Haus habe eine Wendung weiter nach der Sonnenseite hin gemacht.

Selbst die alte Karoline stand eines Tages mit eingestemmten Armen und sah den kunstfertigen Händen der »Mamsell« zu, die eben den Studiersessel des Doktors neu gepolstert hatte und nun so flink einen blanken Nagel um den anderen einschlug. Freilich, als sie sich darauf ertappte, trabte sie eilig in ihre Küche zurück, scheltend über sich selbst und über die fingerfixe Person, die dem Nachbar Sattler das Brot vor dem Munde wegnehme.

Je weniger aber die alte Jungfrau die Tüchtigkeit und die ruhige Freundlichkeit des Mädchens verkennen konnte, desto schärfer spähte sie nach allen Seiten aus, und bald konnte man sie gegen die Mittagsstunde zwischen ihrem Feuerherd und der auf dem Flur stehenden Hausuhr unruhig auf und ab wandern sehen. Es war unzweifelhaft, der Doktor kam niemals mehr zu spät von seinem Mittagsspaziergang; ja, er sah oft ganz erhitzt aus, wenn er anlangte; er mußte schier gerannt sein, um nur die rechte Stunde nicht zu verfehlen. Um ihretwillen, die sie ihn doch auf diesen ihren Armen getragen hatte, war noch niemals ein Tropfen Schweiß vergossen worden!

Die Lippen der Alten begannen vor sich hin zu plappern: sie schluckte, als könne sie es nicht hinunterwürgen.

Es war augenscheinlich, die Küche hatte, jene Sonnenwendung des übrigen Hauses nicht mitgemacht.

Inzwischen gingen die Jahreszeiten ihren Gang. Die Rosen im Garten hatten ausgeblüht; Hülsenfrüchte und Spargel waren nicht nur abgeerntet, es stand auch ein gut Teil davon in blanken Konserven in der Vorratskammer; daneben reihten sich sorgsam verpichte Flaschen, voll von Stachelbeeren und von jenen saftreichen Schattenmorellen, deren beliebiger Verwendung jetzt nichts mehr im Wege stand.

Beim Brechen des Kernobstes, das der Garten in den feinsten Arten hervorbrachte, leistete diesmal der Vetter selbst den besten Mann. Kühn wie ein Knabe holte er die großen Gravensteiner Äpfel von den höchsten Zweigen. Von draußen guckten die Nachbarsbuben mit gierigen Augen über die Planke und riefen in ihrem Plattdeutsch: »Lat mi helpen, lat mi helpen. Ick kann ganz baben in de Tipp!« Aber der Vetter brauchte die Buben gar nicht, er konnte sich allein helfen. Dagegen, in der Freude seines Herzens, warf er oftmals einen Apfel zwischen sie, worüber denn jenseit der Planke ein lustiges Gebalge sich erhob; die schönsten aber, die mit den rotgestreiften Wangen, flogen zu seiner jungen Wirtschafterin hinab, die mit vorgehaltener Schürze unter dem Baume stand. Nur war sie heute nicht geschickt wie sonst; denn ihre Augen folgten dem Vetter ängstlich auf die schwanken Zweige, und ein etwas größerer Apfel schlug ihr fast jedesmal den Schürzenzipfel aus der Hand. Bei dem Bücken nach rechts und links waren die schweren Haarflechten ihr herabgeglitten und hingen lose in den Nacken; nun, da der Äpfel noch immer mehr auf sie zuflogen, bat sie flehentlich um Gnade.

»Christian, mein Junge!« erscholl jetzt plötzlich die Stimme des Onkel Senators, der eben in den Garten getreten war. »Wo steckst du denn? Beim Gott Merkurius! du scheinst nachgerade nun so jung zu werden, wie du es deinem Taufschein schuldig bist! Aber weißt du denn, daß es eben zwei vom Turme geschlagen hat?«

Da flog noch ein Apfel glücklich in Juliens Schürze; dann kam der Vetter selbst zur ebenen Erde. In der Tat, er hätte fast die Klassenzeit versäumt; ja, noch immer waren seine Gedanken in den grünen Zweigen. »Was meinen Sie, Fräulein Julie«, sagte er und strich sich die gelben Blätter aus den Haaren; »ich denke, um vier Uhr setzen wir die Arbeit fort! Wahrhaftig, Onkel; ich hätte nicht gedacht, daß ich so klettern könnte!«

Nun war es im November. Die Bäume waren leer, der Garten stand verödet; aber Keller und Vorratskammer waren gefüllt; lang und traulich wurden die Abende; die vielbedachte große Familienfestlichkeit sollte nun wirklich vor sich gehen.

Als man die einzuladenden Gäste zusammenrechnete, da waren es sechzehn, die beiden Hausgenossen ungezählt; dazu ein armes Fräulein, das von der Großtante alle Weihnacht ein Liespfund Kaffee und zwei Hut Meliszucker zum Geschenk erhielt.

Zwar Karoline behauptete, es könnten nur achtzehn an dem Ausziehetische sitzen; aber Julie sagte sehr errötend: »Wenn der Herr Doktor es mir vertrauen wollten!« Und der Vetter lächelte still und dachte: »Nun hat sie wieder einen ihrer klugen Einfälle!« Dann setzte er auch den siebzehnten Gast mit auf die Liste.

Und jetzt wurde rüstig angefaßt. Karoline zankte nach Herzenslust mit Schlächtern und Fischfrauen; der Vetter holte staubige Flaschen aus seinem Weinkeller und schnitt dann wieder Fidibus und Leuchtermanschetten vom weißesten Velinpapier; der Onkel Senator mußte, weil auf dergleichen der Vetter sich nicht verstand, einen großen Marzipan aus Lübeck verschreiben; Julie kam mit heißen Wangen bald vom Nachbar Bäcker, wo sie ihre Kuchen und Plätzchen im Ofen hatte, bald draußen vom Gärtner, der ihr für die Festtafel noch einen herbstlichen Strauß zusammensuchen mußte.

Und so war denn eines Sonntags der große Nachmittag herangekommen. Der Weg zum Hause führte durch den seitwärts daran gelegenen Teil des Gartens; aber schon mit Dunkelwerden leuchtete die über der Haustür befindliche Laterne freundlich auf den breiten Steig hinaus.

Drinnen im Wohnzimmer, im Schein der großen Astrallampen, blinkten die Tassen und sauste schon die Teemaschine. Nebenan im Spielstübchen hatte eben der Vetter die Karten ausgebreitet und die Spielmarken zurechtgelegt, während hinter den noch geschlossenen Türen des Eßzimmers Julie die Tafel revidierte, welche nach langen Jahren wieder einmal mit dem geblümten Damastgedeck und den schweren silbernen Leuchtern prangte.

Schon hatte es sechs geschlagen, und der Vetter, seine goldene Taschenuhr in der Hand, durchmaß mit unruhigen Schritten die noch immer leeren Räume. Da endlich begann draußen auf dem Flur das Schellen der Haustürglocke; fröhliche Stimmen, junge und alte, wurden laut und da kamen sie: der Onkel und die Tante Senator, zwei andere Tanten, zwei Vettern und zwei Muhmen und von übriger Sippschaft sieben, das arme Fräulein ungerechnet. Mitunter war es auch nur ein Windstoß, der die Haustür aufwarf, denn der Nordwest pustete draußen gerade so viel, als es drinnen zur Erhöhung der Behaglichkeit zu wünschen war. Schließlich rollte auch noch die Klosterkutsche vor das Gartentor, die Großtante wurde herausgehoben, und die alte Karoline, in einer großen Haube mit Rosaschleifen, kam zum Vorschein und nahm der Frau Bürgermeisterin den schweren Atlasmantel ab.

Die Gesellschaft war vollzählig. Am Teetisch in der Ecke stand die kleine, freundliche Wirtin des Hauses und drehte das Hähnchen der

Teemaschine und schenkte in die Tassen; zwei junge Bäschen gingen umher und präsentierten, die eine den duftenden Trank, die andere die sämtlich nach Familienrezepten gebackenen Kuchen. Eine Luft der Behaglichkeit war verbreitet, daß alles wie von selber an zu plaudern fing. Die Großtante hatte aus der Sofaecke mit ihren noch immer scharfen Augen eine Weile rings umhergesehen und nickte nun beifällig nach dem Ecktischchen hinüber. »Wie gut, mein Lieber«, sagte sie und drückte dem Vetter Christian die Hand, »daß wir die Kutsche in der Stadt haben! Wie hätte ich sonst in all dem Wetter zu dir kommen sollen!« Und Christian verstand gar wohl den Beifall, der in diesen Worten lag; und wäre es in ihrem Kreise Brauch gewesen, er würde gewiß die Hand der alten Dame geküßt haben. So aber ließ er es mit einem dankbaren Gegendruck bewenden.

Nicht lange, so saßen im Nebenzimmer die alten Herrschaften bei ihrer Whistpartie. Julie hatte soeben der Frau Bürgermeisterin ein weiches Fußkissen untergeschoben; als auch der Vetter hereintrat, um dem ehrenfesten Spiele zuzusehen, blickte der Onkel ganz schelmisch zu ihm auf. »Nun, Christian«, sagte er, indem er zierlich einen neuen Stich auf die Tischplatte schnippte, »das ist heut doch ein ander Ding, als vorigen Winter, da du immer allein da droben auf deiner Rauchkammer saßest! Und wie angenehm«, fuhr er, inzwischen immer neue Stiche machend, fort »unserer kleinen Hennefeder die rosa Busenschleife zu ihren braunen Flechten läßt! Im Vertrauen, Christian, noch hübscher, als deiner Karoline die Schleifen auf ihrer großen Flügelhaube. Auf alle Fälle aber ist Rosa heut die Farbe deines Hauses; und sieben Trick, groß Schlemm, meine Damen! Was sagst du dazu, Christian!«

Der Vetter nickte und ging vergnügt zu den anderen, die im großen Zimmer schon am Pochbrett saßen. Es war noch ein echtes, altes, ein Erbpochbrett mit Scharwenzel, Vizebuben, Umschlag und Braut und Bräutigam. Und lustig ging es her; die Stimmen riefen durcheinander, die Rechenpfennige klirrten; die Seele des Spieles aber war ein verwachsenes ältliches Jüngferchen, welche den ganzen Kopf voll grauer Pfropfenzieherlöckchen hatte. Sie wurde, weil sie zur Erhöhung ihrer kleinen Person sich beim Sitzen einen ihrer Füße unterzuschieben pflegte, in der Familie »Lehnken Ehnebeen« genannt; und der Vetter hatte ihr einst, da er noch ein kleiner dummer Knabe war, einen gar üblen Streich gespielt. Heimlich war er unter den Tisch gekrochen, an welchem sie mit drei anderen Damen ihr Partiechen machte. Auf einmal rief er: »Ich seh, ich seh!« »Was siehst du denn, mein Jungchen?« fragte sie. »Ich seh vier

Tanten und nur sieben Beine!« Da stach Cousine Ehnebeen die Force ihrer Partnerin mit Atout-As und verlor darüber den Rubber.

Aber diese garstige Geschichte war jetzt längst vergessen. »Vetter Christian!« rief sie. »Es ist höchst gemütlich bei Ihnen; Sie machen ein reizendes Haus. Aber kommen Sie flink! Ich bin just am Kartengeben.«

»Um Entschuldigung, Cousine; ich bin heute ja der Wirt!« entgegnete der Vetter und winkte mit der Hand.

Da wollte eben die kleine Wirtin des Hauses, mit geleerten Kuchenkörben beladen, an ihm vorübergehen; nun aber stand sie einen Augenblick und sagte schüchtern: »Spielen Sie doch mit, Herr Doktor! Wenn Sie es mir vertrauen wollten, ich würde alles schon besorgen.«

»Gewiß, gewiß, Fräulein Julie! O, ich vertraue Ihnen sehr«, flüsterte der Doktor hastig; und als er sie im Fortgehen anblickte, sah er noch, wie sie über und über rot wurde und wie es ganz deutlich: »O, bitte, wenn Sie nichts dagegen haben!« in ihren jungen braunen Augen stand.

Wie aber diese Augen glänzten, als Julie draußen neben dem alten Drachen in Küche und Speisekammer hantierte, das sah der Vetter nicht mehr; denn er saß drinnen bei Cousine Ehnebeen und spielte Poch und hatte alle Wirtschafts sorgen von sich geworfen; denn ja, das wußte er gewiß sie waren in den allerbesten Händen. Nur Karoline musterte bedenklich die Augen ihrer jungen Vorgesetzten; und sie wollten ihr um desto schlechter gefallen, als sie auch in denen ihres Doktors schon öfters jenen ihr widerwärtigen Glanz bemerkt zu haben glaubte.

Aber der Abend rückte weiter. Um neun Uhr öffneten sich die Flügeltüren des dritten Zimmers; und da strahlte die blumengeschmückte Tafel im hellsten Damast- und Kerzenglanz. Der Vetter bot der Großtante den Arm, der Onkel hatte sich geschickt sein Patchen einzufangen gewußt. Zwar sie meinte, ihr geschehe zu viel Ehre, aber sie mußte.

»Heut, mein kleines Patchen«, sagte der Onkel, »sind Sie die Dame des Hauses und müssen schon einmal mit mir altem Burschen fürlieb nehmen!« worüber denn die junge Dame ganz beschämt wurde und die alte Karoline, welche eben mit einer Schüssel Karpfen in die Stube trat, dem guten Herrn einen giftigen Blick hinüberschoß, den dieser jedoch, leider, nicht bemerkte. Als man indessen an den Tisch getreten war, machte Julie mit allerliebstem Lächeln einen Knicks, und fort war sie; und da half es nun nicht weiter, der Onkel sah sich plötzlich neben der Großtante eingeschoben und die Tafelreihe geschlossen.

Der Vetter rieb sich vergnügt die Hände, wie er da die ganze Freundschaft so an seinem Tisch beisammen habe; er sah auch wohl, wie Julie neben der alten Karoline hie und da eine Schüssel reichte; aber beim Fischessen muß jeder hübsch die Augen auf dem Teller haben. So bemerkte er nicht einmal, daß er selbst die Karpfen wie den säuerlichen Rahmschaum stets nur von der Hand seiner alten Haustyrannin erhielt, noch weniger, wie diese ihren Schnurrbart sträubte, wenn das junge Kind sich einmal mit einer Schüssel in seine Nähe wagte.

Doch nun erschien der Braten, stattlich, als solle er das Kerzenlicht verdunkeln; und alle Augen und Zungen waren wieder freigegeben. Feierlich stand der Vetter auf und, mit dem Messer an sein Glas klingend, hub er an: »Unsere liebe, allverehrte Großtante, sie lebe « Aber er stockte plötzlich, als er in diesem Augenblick zum erstenmal die ganze Tafelrunde überschaute. »Hm!« sagte er. »Wo ist denn Fräulein Julie?«

Da scholl aus der untersten Ecke des Zimmers eine helle Stimme: »Hier bin ich, Herr Doktor!« Und als er hinblickte, da saß sie dort am Katzentischchen.

»Unsere allverehrte Großtante, sie lebe hoch!« sagte nun der Vetter.

»Hoch! Hoch!« Und alle standen auf und klingten mit der Großtante an, und auch Julie tat es; und danach, trotz dem alten Hausdrachen, stieß sie auch noch mit dem Vetter an, und als dieser wie in freundlichem Tadel ihrer selbstgewählten Erniedrigung gegen sie den Kopf schüttelte, blickte sie ihn so demütig und um Verzeihung flehend an, daß er darüber ganz verwirrt wurde. Denn zu seiner eigenen Verwunderung saß er schon wieder auf dem Stuhl, bevor er auch nur mit einem Schlückchen die von ihm selber ausgebrachte Gesundheit bekräftigt hatte; erst als die alte Dame erhobenen Fingers sagte: »Aber, Christian, du meinst es doch wohl ehrlich mit deiner alten Großtante!« stürzte er hastig das ganze Glas hinunter.

Doch schon hatte Cousine Ehnebeen aufs neue ihr Füßchen unten weggezogen und nahm nun in ganzer Gestalt die Aufmerksamkeit der Gesellschaft in Anspruch. Erhobenen Glases stand sie da, und mit angenehmer Krähstimme rief sie:

»Ich bin verliebt!« und nachdem sie sich herausfordernd im Kreise umgeblickt und niemand gegen diese Behauptung etwas einzuwenden gefunden hatte, fragte sie mit noch nachdrücklicherem Pathos:

»Worin?«

Und als auch hierauf die Gesellschaft schwieg, erteilte sie zur Überraschung aller, welche ihren Trinkspruch noch nicht kannten, deren jedoch zufällig heute niemand zugegen war, die gewiß befriedigende Antwort:

»In Redlichkeit und Treue!

Ein abgesandter Feind von aller Heuchelei!«

Es war ein schöner langer Trinkspruch; aber sie brachte ihn tapfer zu Ende und verneigte sich lustig gegen alle, die ihr das Glas hinüberreichten oder mit ihr anzustoßen kamen. Und das arme Fräulein ging von Lehnken Ehnebeen zuallererst an das Katzentischchen und stieß mit Fräulein Julie an und drückte dabei, wie in zärtlicher Versicherung, mit ihren mageren Fingern die kleine, feste Hand des Mädchens; nein, gewiß, sie beide wollten keine Heuchler sein!

Noch immer heiterer wurde es; und als beim Nachtisch der große Marzipan, worauf sich das Lübecksche Rathaus nebst dem ganzen Markt präsentierte, zuerst herumgereicht und dann von der Großtante zierlich zerlegt war, da befahl der Vetter, seine drei Flaschen noch vom Vater ererbten Johannisbergers aus ihrem staubigen Winkel heraufzuholen, was auf jung und alt den angenehmsten Eindruck nicht verfehlte, da die grimmigen Selbstgespräche, mit denen die alte Karoline die Kellertreppe hinabstapfte, hier oben gar nicht zu hören waren. Und als nun erst die Pfropfen gezogen wurden und der lang verschlossene köstliche Duft herausstieg und das Zimmer wie mit frischer Lebensluft erfüllte, da stimmte der Onkel an:

»Vom hoh'n Olymp herab ward uns die Freude!« und es half den Jungen nicht, daß sie das Lied veraltet fanden; sie stimmten doch alle mit ein, aus großem Respekt vor dem Onkel.

Draußen auf der Gasse, auf seinen Morgenstern gestützt, stand der Nachtwächter, der alte Matthias, der immer so hell die Neujahrsnacht ansang, und hörte zu, bis das Lied zu Ende war. Dann, verwundert, was in dem sonst so stillen Hause des Doktors heute vorgehe, rief er die elfte Stunde und setzte seine Runde fort.

Wie aber alle Lust ein Ende nimmt, so war endlich auch auf dem großen Familienfest des Vetters der Johannisberger ausgetrunken. Schon rückte man die Stühle, als der Onkel noch einmal an sein Glas klingte: »Nicht zu vergessen unseren alten Landestrinkspruch! Lieben Freunde, up dat es uns wull ga up unse ölen Dage!«

Und auch die Jungen stießen andächtig an, als sähen auch sie den warnenden Finger, der gegen uns alle aus der dunklen Zukunft sich erhebt. Der Vetter aber hatte die Augen nach dem Katzentischchen und dachte: Ja, jetzt, jetzt geht's dir wohl; aber wie wird's dir gehen in deinen alten Tagen?

»Christian, mein Lieber«, sagte die Großtante leise, »das war ja heute fast wie einst bei deinem guten Vater selig.«

Da stand er auf und führte die alte Dame in das Wohnzimmer zurück. Und als alle sich »Gesegnete Mahlzeit« gewünscht hatten, erschien Karoline mit Pelzen, Mänteln und Muffen; draußen klatschte der Kutscher von dem Bock der schon längst wieder vorgefahrenen Klosterkutsche; dann begann wieder die Haustürglocke zu schellen, die Gäste nahmen Abschied und bald waren nur noch der Vetter und Fräulein Julie in den leeren Zimmern. Sie räumten die Karten fort, legten die Teppiche zusammen und löschten die Überzahl der lichter.

Dem Vetter lag es auf dem Herzen, als habe er Fräulein Julien noch was Besonderes mitzuteilen; er suchte danach in seinem Kopfe, aber er konnte es dort nicht finden. Freilich, daß sie nicht wieder am Katzentischchen sitzen dürfe, das wollte er ihr auch gelegentlich sagen; aber das war es doch so eigentlich nicht. Er rückte hie und da an einigen Stühlen, an denen nichts zu rücken war, und auch Fräulein Julie wischte schon ein ganzes Weilchen mit ihrem Schnupftuch um nichts an einer spiegelblanken Tischplatte; endlich wünschten sich beide gute Nacht. Die alte englische Hausuhr sie war einst in der Kontinentalsperre konfisziert worden und dann noch einmal um den vollen Preis vom Großvater zurückgekauft spielte eben vom Flur aus dreimal ihre Glockentonleiter zum letzten Viertel vor Mitternacht. Wie spät das heut geworden war!

Als nach einer Weile draußen auf der Gasse der alte Matthias die zwölfte Stunde abrief, sah er, daß schon alle Fenster dunkel waren. Ein Weilchen stand er noch und wiegte seinen grauen Kopf. Eine Hochzeit konnt's doch nicht gewesen sein! Bei solch einer Familie, da hätten drunten im Hafen die Schiffe doch geflaggt; auch für die Nachtwächter wäre wohl ein gutes Trinkgeld nicht gespart worden! Und mit sich selber redend setzte der Alte seine Runde fort, bis der neue Stundenschlag ihn auf andere Gedanken brachte.

Noch ganz erfüllt von seinem gestrigen Feste und dem anmutigen Walten seiner kleinen Hausdame griff am anderen Morgen der Vetter nach seiner längsten Pfeife, um mit diesem erprobten Beistande in den Weg des täglichen Lebens wieder einzulenken. Als er in die Küche trat, wo er am Herdfeuer seinen Fidibus anzuzünden pflegte, traf er dort die Alte mit dem Putzen der Gesellschaftsmesser beschäftigt. Er konnte dem Drange seines Herzens nicht widerstehen; »Karoline«, sagte er und tat die ersten kräftigen Züge aus seiner Pfeife, »die Julie ist doch ein gutes Mädchen!« Karoline arbeitete eifrig an ihrem Messerbrett.

»Hört Sie nicht, Karoline?« wiederholte der Doktor; »ich sage, die Julie ist doch ein sehr gutes Mädchen!«

Die Alte kniff den Mund zusammen, daß sich die Barthärchen auf ihrer Oberlippe sträubten.

»Sie denkt gar nicht an sich selber, das liebe Kind!« fuhr der Doktor rauchend und wie zu sich selber redend fort.

»Gar nicht an sich selber?« Das war der Alten doch zuviel; sie wetzte so wütig, daß die Messer und Gabeln mit großem Geprassel auf die Fliesen stürzten.

Der Vetter, der wohl wußte, daß bei seiner alten Freundin Tag und Stunde nicht gleich seien, fragte ruhig: »Aber, Karoline, was hat Sie denn nur einmal wieder heute?«

»Ich? Ich habe nichts, Herr Doktor!« Und sie bückte sich und warf mit beiden Händen die Messer und Gabeln wieder auf den Küchentisch. »Aber ich sage bloß: lassen Sie sich nur nicht bestricken! Ja, das sage ich, Herr Doktor!« Sie stand schon wieder vor ihrem Herrn und nickte oder zitterte vielmehr heftig mit ihrem großen grauen Kopfe.

Dieser war aufrichtig betreten, so daß er sogar die Pfeife beim Fuß gesetzt hatte; dann aber fragte er nachdenklich: »Bestricken, Karoline? Was meint Sie mit Bestricken?«

»Da kann man viel damit meinen!« erwiderte die Alte unverfroren.

»Das freilich, Karoline; aber hat denn Sie keine bestimmte Meinung?«

»Ich habe so meine Meinung, Herr Doktor; und wenn meine Augen auch alt sind, so sehen sie doch mehr, als manche junge Augen!«

»Nun, nun, Karoline!« Der Doktor verließ die Küche und ging hinüber in das Wohnzimmer, wo Julie eben den Kaffee in seine Tasse schenkte; sie sah ganz rosig aus in ihrem Morgenhäubchen. Rauchend schritt er ein paarmal auf und ab; dann, als falle ihm das plötzlich schwer aufs Herz, blieb er vor dem Mädchen stehen und sagte: »Bekennen Sie es nur, Fräulein Julie, Sie haben gewiß manchmal Ihre Not mit unserer guten Alten?«

Aber Julie sah ihn mit der ganzen Ehrlichkeit ihrer jungen braunen Augen an. »Wir vertragen uns schon, Herr Doktor«, sagte sie; »wer sollte mit alten Leuten nicht Geduld haben?« Da schlug es an der Hausuhr acht; der Doktor mußte eilen, daß er in die Klasse kam.

Die Wochentage liefen hin. Aber mit jedem Tage wurde es dem Vetter deutlicher, daß er an einer innerlichen Unruhe leide, deren Ursache er jedoch vergebens zu erforschen strebte. Seine Gesundheit ließ nichts zu wünschen übrig, sein Haus war besser bestellt als je zuvor, und auch sein Gewissen soviel glaubte er behaupten zu können war im wesentlichen unbelastet. Mitunter fiel ihm ein, wenn er nur einmal recht weit von hier könnte! Wenn nur die

Weihnachtsferien erst da wären, so wollte er fort zu einem Universitätsfreunde, und bei dem das Fest verleben. Aber wenn er dann der Sache näher nachdachte, so überkam es ihn immer wie eine Trostlosigkeit, auch nur einen Tag anderswo als im eigenen Hause zuzubringen. Es war höchst sonderbar.

Freilich, wenn er die alte Karoline gefragt hätte, die würde ihm Bescheid gegeben haben. Sie kannte die Krankheit mit allen ihren möglichen und unmöglichen Folgen und hatte sogar eben erst ein neues Symptom derselben entdeckt. Ja, statt wie sonst um höchstens elf Uhr, ging jetzt der Doktor meistens erst um zwölf nach seinem im Erdgeschoß belegenen Schlafzimmer. So lange saß er oben auf seiner Studierstube; er verachtete den Schlaf, den er sonst so sehr geliebt hatte. Und die alte Karoline verstand es, ihre Schlüsse zu machen! Sie übersprang dabei wahre Abgründe; ja sie erstieg, was nie von einem Akrobaten noch gesehen worden, mit Behendigkeit die höchste Leiter, welche auf ihrer eigenen Nase balancierte, und stand dann schwindellos und triumphierend auf der obersten Sprosse. O, die alte Karoline!

Und nun geschah es am Freitagvormittage, daß sie, wie gewöhnlich, eine Flasche frischen Wassers nach der Stube der »Mamsell« hinauftrug. Aufräumungslustig, wie immer, blickte sie umher; und da kein anderer Gegenstand sich ihren Augen darbot, so nahm sie, damit dem dringenden Triebe doch in etwas Genüge geschehe, ein auf der linken Seite der Tür hängendes Kleid der Mamsell, um es auf den Haken an der rechten Seite der Tür zu hängen. Dabei fiel aus der Tasche des Kleides ein zusammengefaltetes weißes Schnupftuch, das sie an den Namensbuchstaben sofort als das unzweifelhafte Eigentum des Doktors, ihres Herrn, erkannte.

Was bedeutet das? Wie kam das Tuch hieher, in die Tasche der Mamsell? Sie starrte daraufhin, daß ihr die runden Augen aus dem Kopfe traten. Plötzlich fiel ein schneidendes Licht auf den Gegenstand ihrer Betrachtung; der Großtürke ja, das hatte ihr Bruderssohn, der Schiffer, einmal erzählt wenn der aufs Freien wollte, so schickte er vorher sein Schnupftuch an das junge Frauenzimmer! Und ihr Herr, der Doktor, er rauchte türkischen Tabak, er hatte vergangenen Sommer türkische Bohnen im Garten gezogen, er war überhaupt sehr für das Türkische! Eine Vorstellung jagte die andere im Hirn der braven Alten. Herr, du des Himmels! Das Zimmer hier war ja nur dutch die kleine Kramstube, in der auch die Mamsell ihre Kommode stehen hatte, von dem Studierzimmer des Doktors getrennt, und die Verbindungstüren waren allzeit unverschlossen! Die Alte schauderte. Der Doktor kannte die Welt nicht; wenn es wirklich nun zu einer Hochzeit käme! Mit einer Person, die aus gar keiner Familie war! »Hennefeder« hieß sie; sie konnte ebensogut »Hahnewippel« heißen oder sonst dergleichen, was nirgendwo zu Haus gehörte die sie heute noch betroffen hatte, wie sie einen Weinjuden in das Wohnzimmer komplimentierte, dem man es bei seinem Fortgehen vom Gesichte ablesen konnte, daß der Doktor sich wieder ein teures Fäßchen hatte aufschwatzen lassen! Aber sie, die alte Karoline, wollte ihre Augen offen haben!

Nachdem sie so mit sich aufs reine gekommen war, steckte sie das verdächtige Schnupftuch wieder in die Tasche des Kleides und ging hinab in ihre Küche. Aber den ganzen Tag war sie wie hintersinnig und statt des Kaffeekessels setzte sie die Bratpfanne auf den Dreifuß.

Mit dem Abend steigerte sich ihre Unruhe. Als die Uhr halb elf geschlagen hatte, hörte sie die Mamsell die Treppe hinauf nach ihrem Zimmer gehen; der Doktor war schon seit neun in seiner Studierstube. Mehrmals trat sie aus der Küche in den Hausflur; aber immer pickte die große Uhr so laut, daß sie nichts vernehmen konnte. Endlich schlich sie die Treppe hinauf und legte ihr Ohr zuerst an die Stubentür der Mamsell da hörte sie es drinnen von Frauenkleidern rauschen; dann an die Stubentür des Doktors da konnte sie deutlich hören, wie der Vetter seinen Pfeifenkopf am Ofen ausklopfte.

Sie stieg wieder hinab; sie wollte warten, bis ihr Herr in sein Schlafzimmer gegangen wäre. Zitternd und frierend, die Arme in ihre Schürze gewickelt, saß sie neben dem kalten Herde auf dem hölzernen Küchenstuhl; aber die Uhr schlug zwölf, und es rührte sich noch immer nichts. Da hielt sie sich nicht länger; sie war es seiner seligen Mutter schuldig; ja, sie hatte ihn selber mit erzogen; wieder stieg sie die Treppe hinauf, und als dort alles still blieb, öffnete sie resolut die Tür des Studierzimmers. Da saß der Doktor in seinem bunten Schlafrock und rauchte aus seiner türkischen Pfeife. Kein Buch, kein Schreibwerk lag vor ihm, er fauchte bloß; die Studierlampe war ausgetan, das Licht, mit dem er in sein Schlafgemach zu gehen pflegte, brannte auf dem Tische mit einer langen Schnuppe. Das alles war höchst verdächtig.

Als ihr Herr sie gar nicht zu bemerken schien, trat sie an den Tisch und putzte das Licht.

Da sah der Vetter auf. »Mein Gott, Karoline, was will Sie denn?«

»Ich wollte nur sagen, Herr Doktor, daß Ihre Schlafstube unten zurecht sei.«

»Das glaube ich wohl, Karoline; aber was ist denn eigentlich die Uhr?«

»Es ist nach Mitternacht, Herr Doktor!«

»Mitternacht? Aber, was wandert Sie bei Ihrem Alter denn so spät im Hause herum! Geh Sie doch schlafen, Karoline!«

»So!« dachte die Alte; »also das ist's! Ich muß erst fort sein in meine Bodenkammer!« Und laut setzte sie hinzu: »Ich war unten in der Küche eingenickt; aber ich will nun schlafen gehen. Gute Nacht, Herr Doktor!«

»Gute Nacht, Karoline.«

Mit harten Tritten stieg sie die Bodentreppe hinauf und klappte dann ebenso vernehmlich die Tür ihrer Kammer auf und zu. Sie hatte aber nur das mitgebrachte Licht hineingestellt. Sie selber tappte zwischen den umherstehenden Kisten und sonstigem Hausgerät auf den dunklen Boden hinaus. Als sie mit der Hand einen Bettschirm fühlte, der noch von der letzten Krankheit der seligen Frau hier oben stand, huckte sie nieder und legte das Ohr auf den Fußboden; der Schirm, das wußte sie, befand sich gerade über der kleinen Kramstube.

Es blieb alles still; nur die türkischen Bohnen, die zum Trocknen reihenweise an aufgespannten Fäden hingen, raschelten im Nachtzuge, der durch die Ritzen des Daches fuhr. Draußen von der nahen Kirche schlug es eins. Der große Kopf der Alten wurde immer schwerer in der unbequemen Lage; lange war es nicht mehr auszuhalten. Da was war das? Wie ein Blitz schlug es ihr durch alle Glieder; sie hatte unter sich die eine Tür der Kramstube knarren hören; aber in demselben Augenblick denn ihre Beine waren zuckend hintenaus gefahren stürzte auch der Bettschirm mit Gepolter auf sie herab. Mit dem Kopfe hatte sie die Tapetenbekleidung durchstoßen, und er steckte nun darin wie in einem mittelalterlichen Folterbrette. Eine Katze sprang von einem nebenstehenden Schrank und pustete sie an.

»Pust nur!« sagte die Alte. »Ich werde auch pusten!«

Sie hatte genug gehört; und noch dazu, einen heilsamen Schreck mußte es denen da unten doch gegeben haben; bis morgen würde der schon vorhalten und übermorgen, da sollte vorher schon noch was anderes passieren! Noch einmal horchte sie, und da nichts sich hören ließ, zog sie behutsam ihren Kopf heraus und kroch zurück in ihre Kammer.

Aber die Pläne, einer noch gewaltsamer als der andere, die ihren Kopf durchkreuzten, ließen sie nicht schlafen. Zehnmal warf sie ihr Kopfkissen herum, sie zerwühlte ihr ganzes Bett und wußte bald nicht mehr, ob sie in der Länge oder in der Quere lag. Als endlich der erste Dämmerschein durch die kleinen Fensterscheiben fiel, saß sie, wirklich einem Schuhu nicht unähnlich, zusammengekauert im Fußende des Bettes. Die Spitze ihrer krummen Nase zuckte auf und ab, die Augenlider mit den grauen Wimpern schossen gichterisch über die offenstehenden Pupillen. Es sah überhaupt aus wie in einem Eulenneste; in der Kammer umher lagen die Bettfedern wie von kleinen zerrissenen Vögelchen. Aber die alte Karoline war fertig mit ihrem Plane. »Der gerade Weg der beste!« brummte sie und stieg so weit waren ihre Gedanken über die nächsten Dinge hinaus mit dem linken Bein zuerst aus ihrer Bettstatt.

Als Julie am Morgen in die Küche kam und das kümmerliche Aussehen der Alten bemerkte, fragte sie dieselbe teilnehmend, ob sie etwa keine gute Nacht gehabt habe?

Karoline, die am Tische bei ihrem Frühstück saß, pustete erst ein paarmal in den heißen Kaffee; dann, als spräche sie es nur gegen die Wände, aber mit deutlicher Betonung sagte sie: »Es hat mancher schon eine schlechte Nacht gehabt, der doch mit Ehren seinen Kopf aufs Kissen legte.«

»Nun, das tut Sie ja gewiß, Karoline«, erwiderte das Mädchen lächelnd; »aber Sie hat es vielleicht auch oben bei sich spuken hören?«

»Ich dachte, es hätte unten gespukt!« sagte die Alte, ohne aufzublicken.

»O, das war ich, Karoline; ich holte noch etwas aus der Kramstube.«

»Um Glock eins? Ich meinte, die Mamsell sei schon um halb elf nach Ihrem Zimmer gegangen!«

»Aber ich besserte noch an meinen Kleidern.«

Die Alte nickte. »Ja, die Mamsell hat auch eine recht ordentliche Mutter, und auch eine recht sittsame Mutter, die ihren Kindern gewiß kein schlecht Exempel gibt.«

»O, niemals, Karoline! Ich habe eine gute Mutter.« Julie fühlte eine Anzüglichkeit des Tones heraus, aber sie sann vergebens nach, wohin das ziele.

Mittlerweile hatte die Alte ihre Tasse zurückgeschoben und griff schon wieder nach Schaufel und Feuerzange.

»Ich hab heute vormittag noch einen Gang zu tun«, sagte sie, indem sie frischen Torf ins Herdloch warf; »nicht für mich, es ist um anderer Leute willen. Die Kartoffeln sollen auch schon vorher geschält sein.«

»Gewiß, Karoline; Sie wird ja nichts darum versäumen.«

»Nein«, sagte die Alte, »es soll, so Gott will, nichts versäumt werden.«

Und richtig, nach kaum einer Stunde hatte Karoline, welche sonst fast nie das Haus verließ, ihren großen schwarzen Taffethut aufgebunden; und so, einen blaukarierten Regenschirm unter dem Arm, sah Julie von dem Wohnstubenfenster aus sie die Straße hinabsegeln.

Eine Weile später schaute auch Juliens junges Antlitz aus einem schwarzen Sammethütchen, und nachdem sie der Scheuerfrau, die auf dem Flur ihr Sonnabendswerk verrichtete, das Nötige anempfohlen hatte, verließ sie ebenfalls das Haus und trat bald darauf in eine am Markt gelegene Ellenwarenhandlung. Als der Ladendiener mit seinem verbindlichen »Was steht zu Diensten« sich zu ihr hinüberbeugte, legte sie das verhängnisvolle Schnupftuch auf den Ladentisch: »Das Dutzend ist unvollständig geworden; Sie haben doch noch mit solcher Kante?«

Er hatte noch mit solcher Kante, und mit fliegenden Fingern war das Tuch abgerissen und eingewickelt.

Nein, sie hatte sonst nichts zu befehlen; sie war schon wieder draußen, froh über das hergestellte Dutzend, ihren Einkauf in der Tasche. Ein Weilchen stand sie und blickte die lange Straße hinauf, bei sich bedenkend, ob sie noch eine »Stippvisite« bei ihrer Mutter wagen dürfe, die droben in einer Quergasse wohnte. Nun aber sah sie von dort die alte Karoline in die Hauptstraße einbiegen und in voller Arbeit mit Regenschirm und Taffethut nach dem Markt heruntersteuern. Ein Lächeln flog über das Gesicht des Mädchens. »Nein, nein!« sagte sie bei sich selber; »nun geht's nicht, nun wird mit allen Händen angegriffen!« Und munter schritt sie die Marktstraße hinab, dem Hause des Vetters zu, das jetzt ja ihre Heimat war. Sie bemerkte dabei gar nicht, daß ein kleines Schutzengelchen mit weißen Schwingen, lächelnd, wie sie vorhin gelächelt hatte, auf dem ganzen Wege über ihrem Haupte flog.

Oben in seinem Studierzimmer saß der Vetter im Vollgefühl des freien Sonnabendnachmittags, eine Tasse Kaffee neben sich, die Zeitung vor der Nase. Freilich las er nicht allzu eifrig, denn unter ihm im Wohnzimmer saß jetzt, wie er wußte, das treffliche Mädchen und nähte seinen Namen in das neue Schnupftuch; ja, selbst der Lehnstuhl, worin er saß, war von ihrer kleinen Hand gepolstert. Das alles kam zwischen seine Zeitung.

Da tat sich die Tür auf; Karoline trat herein und meldete die Madame Hennefeder.

»Führe Sie die Frau Hennefeder zu ihrer Tochter!« sagte der Vetter.

»Aber sie wünscht den Herrn selber zu sprechen!« Und in der rauhen Stimme der Alten glänzte so etwas, das den Vetter stutzen machte.

Er blickte von seiner Zeitung auf. »Warum sieht Sie denn so vergnügt aus, Karoline?« fragte er. »Sie hat ja ganz blanke Augen!«

»Ich bin nicht vergnügt, Herr Doktor.«

»Nun, so bitte Sie Madame Hennefeder sich hereinzubemühen!«

Die kleine runde Frau, welche draußen vor der Tür gewartet hatte, wurde fast mit etwas liebender Gewalt von Karoline in des Vetters Studierzimmer hineingeschoben. Sie schien in großer Aufregung, die künstlichen Kornblumen unter ihrem Hute zitterten heftig; auf des Vetters Einladung, Platz zu nehmen, setzte sie sich nur auf die eine Ecke des angebotenen Stuhles.

Karoline warf der offenbar verzagten Frau einen halb ermutigenden, halb unwilligen Blick zu, aber es gab keinen Vorwand zu längerem Verweilen. Sie ging hinaus, schlurfte die paar Schritte bis zur Treppe und blieb dann wieder unschlüssig am Geländer stehen. Noch einmal und aus purer Neugierde horchen, das wollte sie denn doch nicht! Die Madame Hennefeder, der sie den ganzen Umstand aufgeklärt hatte, würde ja schon den Mund auftun; sie war sonst als eine tapfere Frau bekannt, sie werde ja auch hier kurzen Prozeß machen und das Mädchen aus dem Hause nehmen. Aus diesen Gedanken wurde die Alte durch den scharfen Klang der Glocke aufgeschreckt, die, aus des Doktors Zimmer führend, jetzt gerade über ihrem Kopfe läutete.

Als sie nach einer Weile hereintrat, da saß Frau Hennefeder und hatte beide Augen voll Tränen; der Herr Doktor stand noch, den Griff des Klingelzuges in der Hand. »Frau Hennefeder«, sagte er, »läßt Fräulein Julie bitten, zu uns heraufzukommen.«

Karoline suchte in dem Gesicht ihres Herrn zu lesen. Wie stand die Sache? Es war etwas in den Augen ihres kleinen Christian, das ihrer und der mütterlichen Erziehung hohnzusprechen schien. Aber es half nichts, sie mußte den erhaltenen Auftrag ausrichten. Und bald darauf flog ein junger elastischer Tritt die Treppe hinauf und verschwand oben in des Vetters Studierzimmer; die alte Karoline blieb im Unterhause und wanderte unstet, viel unverständliche Worte bei sich murmelnd, zwischen Küche und Hausflur auf und ab.

Da stürmte es die Treppe herunter. Es war der Doktor; sie sah ihn noch eben die Haustür hinter sich zuwerfen; dann war er fort und sah nicht einmal, wie seine alte Karoline stumm und ratlos auf ihrem Küchenstuhl zusammensank. Denn eilig schritt er die Straße hinab, einmal rechts, dann wieder links und dann in das Haus des Onkel Senators. Ohne anzuklopfen trat er in dessen Privatkontor.

»Christian, mein Junge«, sagte der alte Herr, indem er von seinen Büchern aufblickte, »was hast du? Bist du es denn aber auch selber? Du strahlst ja wie die Morgensonne!«

»Ich weiß nicht, Onkel; aber ich habe dir etwas Außerordentliches mitzuteilen.«

»So setze dich auf diesen Stuhl!«

»Nein, Onkel, ich danke; es ist nicht zum Sitzen.«

»Nun, so kannst du stehen! Ich aber darf doch wohl in meinem Schreibstuhl bleiben. So und nun rede, wenn du magst!«

Der Vetter holte ein paarmal recht tief Atem.

»Du weißt es, Onkel«, begann er dann, »ich bin eigentlich ein verwöhnter Mensch; mein seliger Vater «

»Ja, ja, mein Junge, das war ein guter Mann; aber was denn weiter?«

»Dann, Onkel, war bis vor wenigen Jahren noch meine Mutter da, und als die starb siehst du! auch die alte Karoline hat es immer gut mit mir gemeint.«

Der Onkel sprang von seinem Sitze auf und legte beide Hände auf des Vetters Schultern. »Christian«, sagte er, »du bist eine Seel von einem Menschen! Aber, was denn nun noch weiter?«

Nur, Onkel, daß ich heute ein vollständiges Glückskind geworden bin! Die Frau Hennefeder «

»Was? Auch die, mein Junge?«

»Aber, so höre doch nur! Frau Hennefeder, sie kam vorhin zu mir; sie wollte mich persönlich sprechen; aber ich weiß noch diese Stunde nicht, was die gute Frau eigentlich von mir gewollt hat; zwar wir sprachen allerlei zusammen, doch ich bin gewiß, daß wir uns beide nicht verstanden haben. Dann aber sagte sie seltsamerweise, und ich habe noch immer nicht begriffen, wie sie dazu veranlaßt werden konnte, von solchen Dingen zu mir zu reden, sie könne ja nicht erwarten, sagte sie, daß ich eine Tochter von meines Onkels Kontoristen heiraten werde, was denn doch offenbar nur auf Julie verstanden werden konnte.«

»Nein«, sagte der alte Herr mit schelmischer Trockenheit, »das konnte sie freilich nicht erwarten.«

Der Vetter stutzte einen Augenblick. »Doch, Onkel«, sagte er, »sie konnte es erwarten. Denn ich für mein Teil hatte nun genug verstanden. Heiraten! Julien heiraten! Siehst du, Onkel, wie ein Sonnenleuchten fuhr es mir durchs Hirn; das war es ja, was mir trotz dreistündigen Rauchens gestern nacht nicht hatte einfallen wollen. Ein rechter Übermut des Glückes überfiel mich; ich zog resolut die Klingelschnur, und auf mein Ersuchen trat nun Julie selbst ins Zimmer.«

»Und das Mädchen hat dir keinen Korb gegeben, Christian?«

»Doch, beinahe, Onkel!« erwiderte der Vetter, und ein Lächeln der vollsten Lebensfreude überzog sein hübsches Antlitz; »denn als ihre Mutter jene heikle Frage an sie tat, nämlich, ob sie meine, des Subrektors Christian, Ehefrau werden wolle, da schlug sie die Augen nieder und stand, mir zum höchsten Schrecken, eine ganze Weile stumm und wie betäubt; nur ihre kleinen Hände falteten sich ineinander. Dann aber, zu meinem Glücke, öffneten sich ihre Lippen und: ‚O bitte, wenn Sie nichts dagegen haben', tönten aus dem rosigen Tore ihres Mundes zwar leise, aber in entzückender Deutlichkeit jene Worte, die ich bisher nur in stummer Schrift in ihren lieben Augen gelesen hatte. Und nun wenn auch alles fest und unwiderruflich ist für die kurze Ewigkeit dieses Lebens, mein lieber alter Onkel, so frage ich dich doch: Hast denn du etwas dagegen?«

»Ich? Nein, mein Junge!« Und der alte Herr schloß seinen Neffen fest in seine Arme. »Aber, Christian, was werden die Großtante und die alte Karoline dazu sagen?«

Die Großtante, infolge der geschickten Vermittelung des Onkels und des Wohlgefallens, das sie an dem Mädchen schon vordem gefunden hatte, sagte freilich nicht allzuviel. Bedenklicher war es auf der anderen Seite; denn während obiges im Hause des Onkels geschah, stand in des Vetters Küche die kleine runde Madame Hennefeder, die Augen noch immer in Freudentränen schwimmend, vor der alten Karoline, deren beider Hände sie sich bemächtigt hatte, und rief eins über das andere: »Alles in Ehren, Karoline, alles in Ehren!« und dankte ihr in überströmenden Worten für ihre freundschaftlichen und rechtzeitigen Bemühungen in dieser delikaten Angelegenheit.

Die Alte sagte gar nichts; nur ihr großer Kopf begann allmählich und immer gewaltsamer zu zittern und zu nicken, als würde er durch im Innern heftig arbeitende Gedanken in Bewegung gesetzt, welche vergebens die Erlösung des lebendigen Wortes suchten. Die gute Madame Hennefeder wurde von der unheimlichen Vorstellung befallen, die alte Karoline könne sich am Ende noch den schweren Kopf vom Rumpf herunternicken. Allein plötzlich hatte diese ihre

Sprache wiedergefunden. »So«, sagte sie, »so wird man aus dem Hause gestoßen! Aber mein Abschied ist heute noch geschrieben!«

Er wurde nicht geschrieben. War es nun die Macht der Tatsachen oder die Liebe für ihren kleinen Christian und für die Wände seines Hauses, die alte Karoline blieb als zwar grimmiger, aber getreuer Hausdrache auf ihrem Posten. Eine Zeitlang waltete sie sogar wie einst allein im Hause; denn Julie war, bürgerlicher Sitte gemäß, in die Obhut ihrer Mutter zurückgekehrt, bis sie der ihres Mannes übergeben würde.

Dann, im wunderschönen Monat Mai, im Hause des Onkels, gab es eine Hochzeit. Mit Goldregen und Syringen war das Haus geschmückt, auf allen Wänden lag der Frühlingssonnenschein; im Hafen flaggten alle Schiffe. Und niemand war vergessen; Küster und Organisten, Nachtwächter und Armenvogt, alle hatten ihren silbernen Freudengruß empfangen; an der Hochzeitstafel aber waltete zur besonderen Genugtuung des Onkels und aus aller Dienerschaft hervorragend, die alte Karoline in ihrer rosa Flügelhaube. Die Braut durfte keine Schüssel aus einer anderen als aus ihrer Hand empfangen; weiter jedoch dehnte sich ihre Gunst nicht aus; die kleine Madame Hennefeder, die strahlend an des Onkels Seite saß sie gönnte ihr alles Gute; im übrigen das konnte niemand von ihr verlangen!

Und die Stunden flogen. Lind war die Nacht; drüben in der anderen Straße um das alte Familienhaus stand einsam und dufterfüllt der Garten. Da klirrte die Pforte; es war der Vetter mit seinem jungen Weibe. Der Nachthauch säuselte in den Zweigen, oder waren es nur die Blüten, die aus der Knospenhülle drängten? Wie durch Adams Bäume vor Tausenden von Jahren, so schien auch heute noch der Mond.

Als Hand in Hand das junge Paar die Schwelle seines Hauses überschritt, hörten sie draußen von der Gasse den alten Matthias singen:

»Wie   schön   ist   Gottes   Welt,
Und jedes seiner Werke!«

Vier Jahre sind seitdem verflossen. In dem alten Hause springt jetzt zwischen Christian und Julien ein kleinerer Vetter über Trepp und Gänge, ein allerliebster Bursche. Freilich ist er nicht ganz wie seine Mutter, denn er bittet nicht immer und hat oft sehr viel dagegen. Auf der alten Karoline reitet er sogar, wie Amor auf dem Tiger; man sieht es leicht, er hat sie ganz und gar gezähmt. Es tut ihr gut, der Alten, daß sie ihren Überwinder gefunden hat, sie ist ganz heiteren Gemüts geworden; ja, wenn die Sonne in das Küchenfenster scheint, so kann man mitunter von dort aus einen grunzenden Gesang vernehmen, der zu dem Sausen des Teekessels keine üble Begleitung macht.

Aber es ist acht Uhr! Frau Julie erwartet mich an ihrem Teetisch; ich soll ihr beistehen gegen ihren Mann, damit er sich nicht auch noch in die Volksbank wählen lasse. Er wird ihr gar zu regsam, der Vetter, er hat seine Augen und Hände jetzt allenthalben. Frau Julie in ihrer Herzensunschuld ahnt vielleicht nicht, daß sie der Urquell dieses Lebens ist; aber, nichtsdestoweniger, für ein paar Abende der Woche meint sie doch das Recht auf ihren Mann zu haben.

Und also, lieber Leser, gehab dich wohl!